奇妙な家

私の生まれた
家とイエの
数奇な運命

咲田和美
SAKITA Kazumi

文芸社

はじめに

今から百数十年前のことである。私の父方の祖父は、大八車に家財道具を乗せ、生まれ故郷を後にして、野を越え沼地を越え川を越え、たどりついた所に居を構えた。安い古家を買ったのだ。祖父は働き続け県の事務所にも勤め、大きな建物の設計もしたそうである。私が十代の頃、古い木造の県事務所の電話交換手のアルバイトに行った時、祖父のことを知っているお年寄りがいて「あんたのおじいさん、あそこの部屋で仕事してたよ」と教えてくれた。

何もない所から新しく家を建て田も増やし、子供は男三人、女二人。死産児もあり、妻縁は三回あったが、事故死もあり不幸だった。

この祖父の次男（長男は死亡）の長女として生まれた私は、小学校高学年の頃から奇妙な体験をするようになった。

◇奇妙な家　私の生まれた家とイエの数奇な運命　◇目次◇

はじめに　3
あの世からの音　11
父方の祖父　14
窓の外　15
父とその愛人　18
母方の祖母──「美女」　23
「美女」の奇妙な三度目の結婚　31
母の体験１　草原に横たわる祖父の遺体　33
母の体験２　火の玉　35
私のこと　37
母の献体　43
母の人生　46

心中事件の真実　49
友人の涙　55
父の再婚　58
死後殺人　61
床が波打つ　64
古井戸から来る　68
弟　70
叔母（母の妹）　72
叔父（母の弟）　74
祈りの力　76
自殺への誘導　76
幼なじみ　77
数奇な運命　78
縁談　1　80

縁談　2　81
奇妙な家　83
最後に　101

あの世からの音

私が小学五年生頃までは、納戸に家族四人で寝ていた。枕を四つ並べ、両親の間に私と弟が寝る。祖母は二階にいた。しばらくして隣の座敷に私と弟は移動して、弟は仏壇の前、私は座敷の下の方、玄関に通じる廊下寄りで寝ることになった。広さは十畳で、廻り廊下があった。

両親と別の部屋で寝るようになって少し経った頃、奇妙な音に恐怖を感じるようになった。それは、豆電球にして布団に入ってしばらくすると、玄関の土間から上がった障子戸あたりから聞こえてくるのである。まるで雨が落ちてくるようなポツポツと規則正しい音で、ゆっくりと近づいてくる。私の耳元まできた時には恐怖でとび起きて電気をつけると、あたりは何事もなく、音もなくなっていた。

毎夜のことだから気のせいではない。不思議なことに、音は必ず私の耳元で止まる。弟が寝ている仏壇の前まではいかなかった。玄関の畳の部屋と座敷の廻り廊下の間にはガラス戸があり、廻り廊下には障子戸がぐるりとついていたので、戸は全部閉めても関係なく音はやってきた。何かがいると私は確信した。早く眠らなくてはと布団を頭からかぶって、そればかりであった。

中学生になってから私と弟は二階の二部屋に移動、私が南側、弟が北側の部屋で過ごすようになってから音はなくなった。二階で寝ていた祖母は座敷に移動して、床の間の前に寝るようになった。

ずっと後になって母が言った。

「ここの土地では、昔、刃による刺し違え心中があったそうよ、おじいさんがここに来た時に、かなりのお祓いをやったと言ってたけどね！」

「事件のあった時の家は取り壊して今はないけど、この家が建った時、土地の形の関係から玄関に刺し違えの現場がきてしまったみたいよ」

ここは、もともと大量の血にまみれた事故物件だったのだ！

私は納得した。ちょうど音の出発点が玄関だったのでゾーッとした。しかも、この玄関からお客さんが入ってきたことはほとんどない。私達家族は（もちろん私も）学校へ行く時も帰ってきた時も裏口利用であった。五十坪ほどの家だったが、玄関は家全体の正面真ん中に位置していた。玄関から入っても別に不便はなかったはずだ。裏口は家の一番端にあったので、わざわざ裏へ回って小さな入り口から出入りしていたが、家族も私も何とも思っていなかった。慣れるとそんなものなんだ。

学校の先生が家庭訪問に来た時は、さすがに玄関から入ってもらったが、小学生の頃だけだから数回しかない。人の出入りがないので扉の開け閉めもなく、風通しもなく、扉が開けにくくなっていた。二階へ行く時は、玄関の土間から上がった板間から上がったので、私と弟にとって玄関は二階への通り道になっていた。しかし相変わらず家の出入り口は、やはり裏口だった。

この玄関に神棚があって、父が手を合わせ、パンパンとやっていたことを見ていたが、まさか心中事件の跡地だから神棚を置いたとは思えない。私以外は、奇妙な音は聞こえない人達だったから。

父方の祖父

ここで、あの家を建てた祖父のことを書こう。私は祖父の出身地を母から聞いて知っている。祖父の家は、とある地域の豪農であった。しかし、祖父の前の代ですべてなくしている。理由も聞いているがここでは書かない。ともかく、土地を失って故郷を去った。祖父は三度結婚しているが、最初の妻はマムシに噛まれて壮絶な最後をとげている。昔は田によくマムシがいたそうである。焼酎に漬けられた瓶の中のマムシを見たことがある。こんな焼酎を飲むなんてと吐き気がした。このマムシに噛まれた人が、私の父の母なのだ。私にとっては父方の祖母である。この祖母と同じ名前にしたいと、私が生まれた時に父が言ったそうだ。しかし、亡くなり方が悲惨だったので周りが反対して、私は祖母とは違う名前になった。助かった。マムシに噛まれた人の人生の続きをしたくないと思ったから。父としては、自分の母への思いから出た希望だったんだろう。祖父の二番目の妻は早死であった。詳しいことは誰も語らないから、わからない。三番目の妻は、私の母方の祖母であった。これについては後ほど語ることにする。

窓の外

二階で寝るようになってから、星空を眺めたいのでカーテンは作らなかった。ある夜、ものすごく胸が苦しくなり死ぬかと思うくらいだったが、起き上がれなかった。その時は、（明日、朝になったら医者へ行こう）と思った。苦しいのが落ち着くと猛烈に眠たかったので、そのまま眠りについた。

次の日に医者へ行ってわけを話したら、「今日は何ともない、血圧が急に下がったのかもしれない」と言われた。別の夜、眠っていたのに「ハッ」として起き上がった。ベッドの足元の方で誰かが見ていたような気がした。私の部屋に何かいると感じた。気配だけである。

私の胸を苦しくしたのは最初の一回だけだったが、夜、電気を消して物音に神経を集中させると、そこはミステリーゾーンだった。また、別の日、窓の外で誰かが覗いている気配を感じてガバッと起き上がったら、何者かがすばやく逃げたように思った。変質者が屋根に上って覗き見していたのかと思ったが、逃げる速さが人間業ではない。時々覗きにくる気配がする。慣れてくると「きたな！」とわかるようになった。

隣の部屋で寝ている弟はどうなんだろうと思ったが、聞くことはなかった。納戸で寝ている両親や、座敷の床の間の前で寝ている祖母は何も感じていないようであった。

あの家は全体に奇妙であった。夜、トイレに一階へ降りた時は怖かった。玄関を通ってトイレに行くわけだが、その玄関には私だけに聞こえてくる音の主が潜んでいる。二階には、いつも眠りにつくと足元の方から私を見ている気配だけの主。窓の外には屋根のどこかに住み処があり、夜中になると私を見にくる者がいる。なぜ私だけが感じるのだろう。私は頭がおかしいわけではない。でも、こういう話を家族や友にすると変に思われるだけだから、誰にも話さなかった。話すと怖いことが起きそうな気もした。

この時代、「四谷怪談」という映画があって、私は祖母と見に行った。不幸な死に方をした人が幽霊になってこの世に出てくる話だった。水を張った大きな夕ライに血の付いた着物がつけてあり、その中から手だけが「ニョッキ」と出てくる。今はいろいろな情報が入るから、この程度の怖い話では恐怖を感じないが、当時は子供だったから怖かった。あれは映画の世界ではなく現実にもあることだと本気で信じていた。今の時代であれば隠しカメラを取り付けて屋根の上の主を写してみようとか、軒下に風鈴をたくさんぶら下げて気配だけで鳴るかどうか調べるとか、懐中電灯を窓の外に向けて一晩中ＯＮにして外を明るくするとか、いろいろなアイデアが浮かんでくるが、当時は何も考えがなかった。

高校生になって、人生をいかに生きるか考えるようになった。最終結論は仏教にたどりついた。道徳とか倫理とかではなく仏教は奥が深いと思った。お経をよむようになったが、まだこの頃は知識の吸収だけだったと思う。二十代に入ってから深い祈りの世界へ入ったと記憶している。

父とその愛人

私の父は愛人を作り、自宅と愛人の所とを行ったり来たりの生活をしていた。それは私と母にとってはあまりにも突然のことだった。私が社会人になって七年目くらいのことである。朝起きたら、両親の部屋に、知らない、見たこともない女の人がいた。私は出勤しなくてはならないので家を出たが、帰ってから母が語った。女性は父がよく呑みに行く店のママさんで、その日は客同士が大喧嘩して危険だったのでタクシーで逃げてきたとのことだった。以降その女性はとりあえずママさんと呼ぶことにする。

私が帰った時には、父もママさんもいなかった。店は無茶苦茶で営業できる状態ではないそうだった。ママさんの素性は母から聞いた。離婚して子供は実家の兄に育ててもらい、自分は料理を作るのが好きだったので料亭に住み込んで料理作りの修業に励んだと。その料亭は元芸子をしていた姉妹が二人で立ち上げたもので、姉妹には子供がいなかったので、ママさんに養女の話があると言っていた。

後になって、ママさんはその養女の話を私にもってきた。私はママさんの素性を知っておいた方がよいと思ったので、その話に乗るふりをして、父とママさんと三人で、母には内緒で料亭に行った。玄関も立派、庭もきちんと手入れが行き届いていて、ある程度の広さもあった。背後に男がいるか、借金があるか、詳しいことはわからないし、いい話でも、水商売は好きでないので断った。

この料亭で働いている時に、ママさんには繁華街で小料理屋の店を出してくれた男がいたとのことだった。その人が亡くなって、ママさんは私の父とコンビを組むようになったようだ。ずっと後になってわかったが、ママさんはチャッカリこの料亭の養女になっていて、更に後々には相続もしていた。

父は定年退職後、完全に家を出た。弟はとっくに家を出ていたので母と二人の生活になったが、生活費は父の恩給と軍人恩給でやっていけたので、私は生活費を出さなくてもよかった。数年経ってから、母宛に父から手紙がきた。父の体調が良くない、先々のことを考えて家を生前贈与した方がよいか子供達と相談するように書いてあった。弟は仕事で海外へ行く前に父と話をしていたがどんな内容だったかは私は知らないし、仕事の関係上、田舎に帰ることはないだろうと母も私も思っていた。

母は弟に話すことはしなかった。私の人生と弟の人生はほとんど交差することはなかったから、私も話はしなかった。家をもらったら生活費は母に渡さないかもしれないとか、贈与税を払ってまで欲しい家ではないとかいろいろ考えて、母は手紙の返事を書かなかったようだ。

体調が良くないのなら生前贈与でなくても死後相続でよいはず。やり手のママさんがついているから何か考えがあってのことだろうと私は思っていたが、母は全く父のことは信用していなかった。私は、父は妻子には何も残さない人と思っていた。家は気味悪いからいらないが、土地は売れるはずだ。事故物件といっても大昔のことだから誰も知らないし……と、欲深いことも頭をかすめた。生前贈与の話はこの時を逃したら消滅するとも考えていたが、踏み込めなかった。

何より一番重要なのは生活費である。この時父は現住所も変えていた。（え！これって、父亡き後の遺族年金は母に来るのだろうか）と考えた。

更に数年経てから、父方の親戚を集めて、離婚もしていないのにママさんと父が披露宴をしていたことがわかった。私が結婚して家を出てから数か月後のことである。私にママさんからブランド物のバッグが送られてきたし、母から、父方の親戚の態度が変わってもう母とは関係ないという言葉もあったという。法律を無視した一方的な結婚宣言ではないか。私も母もこれは絶対に許せない。母は弁護士や自分の弟にも相談した。ポイントはお金の問題で、母がこの先どれだけ長く生きられるかの計算だ。母は慰謝料とか不動産ではなく、生活費をとったのだった。父と母の戦争は最後に生き残った方が勝ちなのだ。父からは離婚に関する話は最後までなかった。考えられる理由は、愛とか情けとか憎しみとかの感情は関係なく、縁が深かったということだろうか。

この時期に、私は墓を買うチャンスがあったので母が入るための墓を買った。嫁ぎ先には墓があったが、先のことはどうなるかわからないし、今買っておいた方がよいと思ったのだ。墓に関する書類は母の元に置くことにした。建立者は私と夫の名前にした。今現在、この墓には母と夫が入っている。

母方の祖母――「美女」

今から百二十年くらい前、丙午《ひのえうま》の年に母方の祖母が誕生した。赤貧の家庭で食べる物に事欠くほどだったと聞いていた。夜中に他人の家の畑へ行って、生野菜――大根とか――を引き抜き、泥を払い食らいついた。持って帰れば泥棒、その場で食べて帰れば食い逃げ。しかしそんなことを言っていられない。食べなければ餓死である。

成長するにつれ大変な美人になった。美人とは顔だけをいうのではなく、骨格から違うのである。妖艶で、生まれが少し遅ければスターになっていたかもしれない。私は祖母を白黒写真で見ていたが、日本髪で着物を着ていてスター以上の美しさと思っていた。まさに傾国の美女の誕生である。

年頃には旧家に嫁いだが、子供が生まれて実家に帰り、そのまま嫁ぎ先に帰ることはなかった。子供は嫁ぎ先に置いてきた。旧家は礼儀作法等が厳しく、実家とは家風が違うため、辛抱できなかったのだと母が言っていた。すぐに再婚先が見つかり、早々に再婚した。相手は次男で初婚。家は先祖代々続く醤油の製造業で、長男と次男が仕事を取り仕切っていた。敷地は広く、長男夫婦の家、次男夫婦の家、工場（蔵）等があった。私は小学二年になる春休みに母の妹と弟に連れられてこの家を訪れている。玄関だけ別棟に建っていた印象が残っており、すごい屋敷だと感じた。祖母は特別な美人だったので玉の輿婚ができたのだろうと思った。

しかし、せっかくの幸せも長続きしなかった。一歳、三歳、五歳の三人の子供を残し、夫（次男）は蔵で首吊り自殺をした。長男と「傾国の美女」との不倫を次男は知り、一族の平和のため、死を選んだのだ。夫を亡くした「美女」は、子供が小さかったため、子供と共にしばらく婚家に留まり、居辛くなった時、県外へ出た。手先が器用だったため裁縫で収入を得た。長男からの仕送りもあり、お金に不自由したことはなかったと聞いている。仕送りは長男が亡くなるまで続いた。そのためか、子供達は父方の親戚、いとこ等とも交流があった。母は健康上の理由から自分の居場所から動くことはなかったが、情報は入っていたようだ。長男からの仕送り（援助）があった理由は、想像だが、自殺といえども相続があったのではと思う。

そして、美女は三度目の結婚をすることになる。どのような縁でそうなったかはわからないが、相手は県外へ出ていた、私の父方の祖父だった。お互い三度目の結婚だった。

「美女」の三人の子供達のその後について記しておこう。私の母である長女は年頃になった時に再々婚相手の次男と結婚させられ（昔は本人の意志は関係なかった）、次女（母の妹）はお寺へ養女に出され苦労したと言っていた。しかし理容師の資格をとり、理容院を経営していた男性と結婚した。長男は「美女」の連れ子として「美女」の再婚先で暮らし、高校卒業後は東京の大学へ行き、卒業後は「美女」のいる県内に戻り県立高校の教師になった。以降、母の妹は叔母、弟は叔父と呼ぶことにする。

三人共、義父との縁組みはしなかった。叔父は私が二歳くらいの時に高校生だったため、学校から帰ってくると私のお守りをすると言っては私を連れ出して原っぱに放り出し、遊びほうけていたらしい。夕方になって一人で帰ってしまい、私は原っぱに置き去りにされていたこともあったという。昔だったから交通量も少なかったので事故も起こらなかった。叔父が教師になってからは、勤め先の関係で同居はなかったがよく実家を訪れていて、私は小学生だったが、宿題をみてもらったりしていた。やがて叔父は職場結婚することになった。「美女」は息子のために小さいながらも二階建ての新築の家を買い、息子夫婦と同居するよう準備していた。三人で暮らすようになったが、育ってきた環境の違う嫁姑の関係がうまくいくはずはなく、「美女」は私の母の元へ来ては、嫁さんの悪口ばかり言っていた。しっかり者の嫁さんとは口論が絶えず、とうとう息子夫婦は家を出ていってしまい、「美女」は長女である私の母の元へ戻ってきて、そこで暮らすより仕方なかった。

新築した家は一万円で建ったが、五千円は父方の祖父が出してくれ、五千円は後妻である「美女」が出した。昔のことだから共有名義にはなっていなかったが、皆が知っていることだった。ヒソヒソ話では「美女」の持参金が目当ての再婚だったとも聞こえてきた。三人の子供達は「何で再婚なんかしたんだろう」と話していた。

父方の子供達はというと、妹二人は嫁いでからはほとんど実家に来ることはなく、父方の祖父の葬式の写真で姿を見たことがあっただけだったし、家族の間で話題にのぼることもなかった。弟二人は仕事で家を出ていた。美女と夫の立場は同等だったはずだが、実際には「美女」とその実子との結びつきが強く、女系家族のような感じだった。父は養子のような存在に見えた。

長男夫婦と別れた「美女」は、しばらくして脳溢血で倒れた。寝たきり状態となり、泊まりの家政婦さんも頼み、介護生活になった。母も私も弟も小学生だったが、下の世話をしたりして大変だった。今はヤングケアラーなどと言うが、当時は塾や稽古事に行く子供はほとんどおらず、学校から帰ったら宿題をすればいい程度だったので、私は家族の食事作りを小学高学年からやっていた。農繁期には稲刈り、苗取り等、随分働いたように思う。私だけでなく世間一般がそうだった。今の子供は勉強で大変なのだろうが、私は学校以外であまり勉強した覚えはなくて、外でよく遊んだ記憶がある。

「美女」はリハビリにも励んで歩けるまで回復し、言葉も不自由そうだったが話せるようになっていった。「美女」はそれから七年くらい後に再び脳溢血で倒れた。もう血管はボロボロで、余命わずかとなった時、行方がわからなくなっていた長男が今どこの高校に勤務しているか、県に父が問い合わせて家に呼び寄せた。「美女」は枕元に長男の嫁さんを呼び、自分が悪かったと謝っていた。後に謝ってもらったのでスッキリして気持ちよく送り出せたと私の母に言っていた。私も枕元に呼ばれた。「美女」はひたすら「ゴメンネ。ゴメンネ」と言った。私は「ウン、イイヨ」と答えていたが、何のことのゴメンネかは、よくわからなかった。たぶん、私と美女がうまくいっていなくて気まずい思いをした時に、私がブドウの缶詰を買って「これ食べて」と渡したが「こんな物、いらんわ！」と言って土間に投げ付けられたことがあったことを言っていたのだろう。へこんだ缶詰を拾いに行った記憶がある。それ以来、あまり話さなくなっていた。

医者から今日明日といわれていたためか両親がずっと付き添っていた。明け方に呼び起こされ、弟とあわてて座敷に行ったら息を引きとる間際で、自然に吸い込まれるように逝った。突然父が仏壇を開けた。私は死んだら魂が仏壇の中に入るのかと思った。おりんを取り出し、「美女」の耳元で鳴らした。亡くなっても音は二時間くらいは聞こえると聞いたことがあるので、おりんという金属のよく響き渡る音で少しでもこの世とのつながりを保とうということなのかなと勝手に考えていた。

こういうことがあったので、私は、後年母が亡くなる時は、集中治療室だったが密かにバッグに小さいおりんを入れていた。そして生体情報のモニターを見ていて、波形が一直線になった時、小さくおりんを鳴らした。看護師さんが飛んできて叱られたが、これだけは何が何でもやるという堅い決意があった。

ついに傾国の美女が亡くなった。あれほどの美貌だったのが、五十八歳という若さなのにまるで百歳の老婆のように見えた。「美女」の存在が大きかったためか、一家の主が亡くなったように感じた。心にポッカリ穴があいたようだった。

数日後、母から「おばあちゃんからよ」とお金をもらった。缶詰のお返しかなぁーと思った。それでカメラを買い、最初にあの気味の悪い家の全景を写した。何の考えも思いもなく、ただ写しただけだ。父は母に「ばあさん、いくら残した?」と聞いたんだって!

「美女」の遺骨は、二番目の夫の先祖代々の墓に納骨してほしいと長男に言い遺していたのでそのようにした。

私が「美女」の二番目の夫の家の事情を知ることになったのは興信所の調査からだった。五十年くらい前だったろうか、当時付き合っていた男性との結婚話になった時、相手の親が、私の母方の家について素性調査を依頼したのだ。調査内容を見せてもらったところ、私が母から聞かされていたこととほぼ同じだったが、母の父——私から見れば祖父——が自殺だったということはこの調査で初めて知った。母からは病死と聞いていた。ヒソヒソ話にも自殺の話は聞こえてこなかった。知らなかったのか、あえて話さなかったのかわからないが、私は知ってからも誰にも話さなかった。

「美女」の奇妙な三度目の結婚

私と弟が奇妙な家の二階へ移動する前、祖母である「美女」は二階で暮らしていた。私が小学生の時であまり気にしていなかったが、二階には小さな仏壇があり、そこで法事も行われていた。その時は、叔母（母の妹）も来ていた。「美女」は二度目の夫と死別したが、その夫の位牌を持って三度目の結婚をしたため、前夫の法事もここでしていたというわけだった。その後、「美女」の長男が結婚する時に仏壇や位牌は引き継がせたらしい。「美女」は再々婚後も二度目の夫の実家とは交流があったし、手紙が二度目の夫の名字で来ていたのを見ている。その時、「美女」の名字が叔父と同じで、母と違うのはなぜなのかわからなかったが、深く考えなかった。生活の支援もあったくらいだったから亡くなった時には叔父が連絡したのか、そちらからの葬儀に参列もあって、私は叔父に紹介されて話をしている。高校二年の時だった。それを父が見ていて、叔父に誰なのか聞いていた。今思えば美女の三度目の結婚は何だか変だと思う。生活の支援を受けながら、夫の位牌を持って再々婚をし、家の新築には半分金を出して、亡くなってからの納骨は二度目の夫の墓へという……。三度目の結婚で子供を一人死産しているが、その時、家庭内父方の兄弟姉妹でひと悶着あったようだ。死産だったから事なきを得たという話が、母の弟妹から私の耳に「美女」亡き後に入ってきた。美女にとって三度目の結婚は腰掛け婚だったのかなと思ってしまう。生まれてきた時代が違うと人生観も変わるから、美女の生き方を批判とか理解はできないが、たった五十八年間の人生、たくさんのことが凝縮されて大変な一生だったのだ。

母の体験　1　草原に横たわる祖父の遺体

私が結婚して家を出て二年くらい後だろうか、母から電話で奇妙なことを聞いた。それは、目を閉じると何も見えないはずが、紫色の雲が湧き上がるのが見える。それがパッと消えた後、緑色で濃淡がない草原（稲の苗のような草）と空——雲がなく水色一色、太陽はなく夕方のような明るさ——が見え、その草原に母が五歳の時に死別した実父が横たわっているのが見える。黒っぽい着物を着て、年を取ることもなく、穏やかな顔。しかし遺体である。見渡す限り草原と空、遥か彼方に空と草原の境が見える。草が揺れているから風があるように見えるが、風はない。すべてが死んでいるようだ。時間が、亡くなった時に止まってしまったように感じる。そしてこの光景は消える。見えたのは一回限りではないが、見えるのは一瞬であったという。祖父が亡くなってから五十五年も経っているのに、なぜこのような映像を見るのか全くわからない。母は、自分の気は確かで、異常はないと言った。

私が家を出てから、母は仏教のある部分に熱を入れていた。それがある境地にまで達していたからだろうと私は思った。「お経を唱えるのをやめたら父は現れなくなった」と言ったので、ではまたお経を唱えると出てくるの、と言うと、そういうものではないらしかった。こちらから呼んで、来るものではない。母がお経の勉強をしているお仲間さんに話をしたら、「よぉー！　そこまでの境地に行きなさったネー、うらやましい」と言われたという。ということは、同じようにお経の修行をしても、人それぞれで、何も感じない人もいるらしい。違いはどこからくるんだろうか。もしかしたら、「奇妙な家」で唱えているからかも……と思った。

母の体験　2　火の玉

父が現れるという体験から二、三日後のこと、母が犬の散歩に出てしばらく歩いていくと、夕方で日は沈んでおり誰もいない。気味の悪いほどの静けさの中、電柱の根元からボーッと火の玉が地面から直角に上がった。腰を抜かすほどビックリして、恐怖の中あわてて家に帰り、仏壇の前にヘナヘナと座り線香を上げたら、風もないのに煙が全部自分の顔にかぶってきた。

夜、お経を上げると背後に不成仏霊がずらりと並ぶ気配を感じた。布団を頭からかぶり、眠りにつくと、家の中だから風はないはずなのに、冷たい風が頬を撫ぜて過ぎた。これでこの家の中に入り込んだ何者かが出ていったのを感じたという。次の日に、この話を私は母から電話で聞いた。

これは非常に恐ろしい体験だと思った。母の奇妙な体験は一生涯のうちでこの二件だけだといったが、この二件は接近して起こっているし、母の父親の件は目を閉じて見える世界だったが、火の玉は実際に見たのだから気配だけのものではない。こんな恐ろしいことはない。私だったらあの家には住んでいけない。あの奇妙な家で私が体験したこととは種類が全く違う。私の体験は、あの奇妙な家に住みついている〝何か〟を感じてきたミステリーゾーンの話で、母の体験は外から何かが侵入してきた事件だ。去ったのはお経の力か、住みついている先客がいたからなのかわからない。

更に二、三日後に、見たこともない人が家の前を通りかかった時、外にいた母に言った。「ここは地縛霊がいる、屋根にも何か一匹いる」と。昼間に通りかかって言ったのだから、屋根にいる何かが見えたのか感じたのかわからないが、私は夜か太陽がない時にしか霊は現れないと思っていたのでこれは新発見だった。

しかし、玄関に潜んでいる、音で現れる何かと、二階の私の部屋で気配を感じた何かは見落としたのか家の中だから見えなかったのかわからないが、ここの土地の事情を知らない人が初めて見ただけで言ったのだから、あの家は気味の悪いにおいか雰囲気を発信しているに違いない。この人の住所か電話番号を聞いておけばよかったのにと思った。

母は、自分の恐ろしい体験は誰にも一生涯話さないと言っていた。私は自分の体験は母にさえ話してない。あの恐ろしい家に住んでいるのだから話せるはずはない。

私のこと

振り返れば、私の人生で最初の奇妙な出来事は、小学生の時に夜中に聞いた、ポツポツと水か血か何かはわからないが液体が落ちてくる音だった。雨漏りではなく、私の耳元で止まる。しかも私だけに聞こえる音。あの時はまだ仏教も知らない、祈りの世界も知らない時期であった。母の体験は「目で見た」、私の体験は「耳で聞いた」、しかし、音の主は見ていない。

私は二十歳の頃、母から「お琴を習ったら?」と言われた。特別音楽が好きではなかったが、苦痛でもないので、少しくらいならと軽い気分で稽古に通った。数年経って、音楽を奏でる微妙な音程の違いを追求するようになり、早く弾くとかいろいろ難しいことがわかってきた。特に爪音は一人一人違う。特別な才能のある人の爪音は聞いただけですぐわかる。同じように弾いているのに、角度とか力の入れ具合とかいろんな要素がからんでくるのだろうが、修業が足りないのか上手な人と同じようにはならなかった。それでも私なりに、夏のような暑い場所で弾く、冬の寒さの中で弾く、窓を開けて弾くとか爪音の追求をしていた。

やがて三弦(三味線)も稽古するようになった。十八年間、この音の世界に身を置いた。結果、名取の師範まで取った。披露演奏会も師匠に聞いてもらった。

ミスなく演奏ができ、筆記試験も通れば資格は取れるのだ。しかし、私は自分の力の程を知っている。私にはわずかな音程の違いを聞く力がないのだ。持って生まれた不思議な個性が私の音楽にはない。披露演奏会には母から連絡がいったためか、叔父が駆け付けてくれた。「よく、やったネ」とほめてくれたのがうれしかったと記憶している。数年間も一つのことに取り組み、将来あまり役に立ちそうもない資格であっても、取得したことが何らかの力になっていくかもしれない。その意味では満足している。結婚で故郷を離れたと同時に、音楽とはきっぱりさようならした。好きなら続けたと思うが、私はやはり音楽が好きでなかった。音楽で自分を鍛えたのだ。

不思議！　私には「あの世」からの音、私だけに聞こえる音、単純な音だったが、あの奇妙な音が聞こえたのに、努力を重ねた音楽の微妙な音色は聞く力がなかった。

就職には父の縁故を利用した。家から一キロも離れていない会社に車通勤した。部署は経理だったが、和文タイピストとテレックスを担当した。今はそのような事務機器はどこへ行ってもないが、何しろ計算はソロバンを使っていた時代だった。仕事は一生懸命取り組んで、そこで定年まで勤めれば老後は年金で生活できるのではと考えていた。一人の方が気楽でいいような気がしていたが、頭をかすめたのはあの「奇妙な家」だった。あんなミステリーゾーンの中では一人で暮らせない。

そのうちに二十年近くも同じ会社にいると、公務員ではないので居づらくなることがあり、やめたいと思う決定的なことがあって結婚という転職の道を選んだ。それまでにもお見合いは数え切れないくらい経験してきたが、結婚の主たる条件は金銭的な安定だった。ローンを組んで家を買おうと言った人はいたが、それは私はいやだった。長い間借金を抱えるようなもので、敬遠した。しかし、後から考えてみると、私が選ぶのではなく、相手が私を選んでくれなかったのだ。なぜか三十代後半まで決まらなかった。結婚できるわずかなスキを捉えて家を出たように思う。そういうわけで、私は三十八歳で結婚した。同級生のうちでは超遅い出発だった。結婚相手は初婚で私より三歳年下、家は敷地が三百坪あり、五十坪ほどの本宅に二軒の平屋の離れと、三十坪ほどの倉庫があり、他にも不動産は四十坪の広さの駐車場があった。舅姑と同じ敷地内に住むということだったが、私の方が長生きするのだから少しの我慢と考えていた。三百坪の敷地に住んでみると大変だった。建物以外は全部庭だったので、まるで公園みたいだった。草取り、庭木の剪定、芝生だって管理しないと草の勢いが強くなって芝生がなくなってしまう。業者に頼めば金がいる。自分でやれば素人だから木が枯れてしまった。四実家も二百坪ほどあったが、畑にして貸していたし木は手がかからなかった。四季折々の花がいっぱいの家だった。

私の結婚式は相手にわけを話して入籍だけにした。弟の結婚の方が先だったが、式のことで揉めたので、やらない方がよいと思ったのだ。母方の叔父、叔母には紹介したが、父方には無視して家を出た。「私達母子は親戚ではないんでしょ」という意志表示であった。

数年経って義母が脳梗塞で倒れ、義父は認知症となった。同時期に実家の母は入退院を繰り返したため、私は車で往復三時間半かかる所を行ったり来たりで昼も夜も関係ない生活に入った。夫はサラリーマンではなく自分で商売をしていたので、私には帳簿付けの仕事もあるし、仕事の手伝いも半端ではなかった。母は私のこの状況を自分の弟（叔父）に話した。叔父はちょうど高校の教師を定年退職したところで、再び教育関係の仕事についてはいたが気楽な仕事だったので、母のことは叔父が応援してくれた。入院の時は叔母が助けてくれた。また、夫の母親が亡くなった時は、葬式の手伝いに叔母が来てくれた。母の入院で、病院へ見舞った帰りに荷物等を置くために「奇妙な家」まで行ってくれたが、泊まることはなかった。「こんな怖い所じゃ、寝れないわ」と言って、叔母は自宅まで帰っていった。やはり気味が悪い家なんだ！

私はこんな所に住むより、引っ越して生活費をもらって別の場所で生活した方がよいのではと思って、遠まわしに母に聞いてみたことがある。私は四十代後半から四柱推命学や占い関係の勉強を始めていた。婿家には義父がいたし、小学生の息子もいたが、夫に協力してもらって泊まりで勉強に通っていた。そのことを母は知っていたので「今年は願いが叶う年だよ」と言って母の返事を待ったが、私の帰り際に、母は「私の願いは、ここで花を眺めながら暮らし、ここで最期を迎えること」と言った。この家の気味の悪さは何ともないんだろうか。何も感じないのか不思議だった。家の周りはいつも花が途切れることなくいっぱい咲いていて美しかったけれど……。

私は母の願いを聞いて覚悟ができた。大変でも実家まで通う。長い人生、それは一時的なことにすぎない。この時のことを思うと、よく事故が起こらなかったと思っている。夜中に婚家を出て朝方に帰るという生活がたびたびあった。

母の献体

「自分はこれまで人の役に立つことは何もしてこなかった。せめてこの体を医学のために役立たせて。献体するから反対しないで」

母の言葉を聞いて「えっ！」とびっくりした。これまでそのような話はしたことがなく、自分で決めてから私に同意を求めてきた。即答はできなかった。自分なりに、死後どのような形で献体になるのか納得してから答えたいと考えていた。家屋の状況を考えると、私の弟はほとんど海外で、母から見れば頼りにならない。母の弟妹は頼めば協力してくれるが、実子がいる以上、子供に頼れないなんて情けない。遺骨の引き取り人には私がなる。

本当に役に立つことを一つでも……という理由だろうかと考えた。嫁いでいる娘に迷惑をかけないためかもしれない。私は健康で、動ける以上はやれないことは何もない。大変なことはあったとしても一時的にすぎない。私は母の希望通り同意書にサインをし、自分も母と同じ大学に献体登録をした。

今から六十五年近く前だろうか、白黒テレビで「道」という映画を見た。イタリア映画だったと思う。いまだに忘れられない感動を私に与えた。

少しだけ知的障害のある女の子が大道芸人に売られ、ピエロ的な役を道端で演じていた。それなりに仕事をこなし、少しだけの幸せを感じていたように見えた。やがて、男と知り合い話をするようになって、「自分は何もできない、何にも役に立たない」と悲しい目で訴えた。男は言った。

「そんなことはないんだよ、この世に存在しているだけで、何かの役に立っているんだよ。この道端にある小さな石ころだって、動かずじっとしているだけなのに、必要だからそこに存在している。この世界に役に立たない物は何もないのだ」

女の子は明るい表情になり目も喜びに変わった。この映画はハッピーエンドになっていない。男は大道芸人に殺され、女の子は捨てられ、大道芸人は年老いて働けなくなって一人ぼっちになり、号泣する。

ハッピーエンドではないから見る人にいろんな問題を問いかけ、考えさせる。かなり昔の映画なのに、現代にも通じるものがあり、いまだに私は忘れない。

母は世の中の役に立ちたいと思った。それはそれでいいんだが、存在するだけで役に立っているんだというストーリーが私は好きだ。私には特別な考えはなく、ただ母と同じ道を行くという考えで献体登録した。

母の人生

母は二十代中頃で痔ろうの手術をしている。肛門を取ってしまったが、七十五年も前のことだから、人工肛門があったかどうかは知らない。括約筋が働いたので死ぬまで肛門なしで生活してきた。手術は私と弟を出産した後だったので、子供は二人までしか無理だったと話していたことがある。私が幼い頃のことはよくわからなかったが、小学校の授業参観には来ていなかった。自分の意志とは関係なくオナラが出るし、粗相をするといけないからだと言っていた。運動会には弁当を持ってきてくれた。屋外の木の下で弁当を食べるだけだったから問題はなかった。着物を着てノーパンで生活していたので、タライにお湯を入れ、着物の裾をまくって尻を温めていたところを私は何度も見ている。私も状況がだんだんわかるようになってきた時には、母は胃も悪くなり、血を吐きながら田の仕事をしていた。この時期は「美女」が倒れたこともあって、私は頑張ってよく家事をこなしていた。

更に年月が経ち、「美女」も亡くなった。母が四十代頃のことだった。部屋に黒っぽい物が二つ、三つ落ちていたので「これ何?」と聞くと、「あー、これ母さんのウンコや」と言ったのでビックリした。この時も着物を着てノーパンでの生活だったが、ウンコがあちこちに落ちているなんて、何で?

「年とってきたので括約筋の効き目が悪くなったんや」と母は言っていた。野良仕事の時は着物の上にモンペを穿いていたようだった。再び年月が経って、卵巣も子宮も切除手術を受けている。この頃には腸が体外に飛び出るようになっていた。指で押さえると引っ込むので、腸が出る都度、押さえていたという。

母は医者に相談することをしなかった。糖尿病の悪化からインスリン注射も自分でするようになっていた。毎日犬の散歩とかでよく歩いていたし、家の周りの花作りもあったので運動不足にはならず元気であった。

父方の親戚は同じ町内に住んでいる。父母は法律上は離婚していない。母が入退院を繰り返していた時に少し騒いでいたようなので、母から説明しておいたと言っていた。献体しているし葬式はしません、遺骨の引き取りは娘で、家の中のことすべて娘が行うことになっています、と。説明しておくことによって、いざという時、あわてることなく、父とは関係なく済ませることができる。

母が亡くなった時、「母には卵巣も子宮も肛門もなかったけど、献体できたんですよ」と話したら、父方の親戚（父の弟の妻）はビックリしていた。「人工肛門だったの？」「いいえ、人工肛門もとりつけず、肛門なしの人生を歩みました」と言ったら「あー、それで外に女の人を」と勝手に想像して言った。両親の関係の変化は「美女」が亡くなってからで、徐々に離れていったように思う。これは父の方で、母はもっと前からだ。私も勝手に想像しているだけで本当のところは何もわからない。母は生活費を優先していたが、家も「美女」が半分金を出しているんだから、自分から去る必要はないと考えていた部分もある。

母が亡くなった年齢になった時、つくづく思った。年老いてから住み慣れた家を離れたくない。生活の変化は年寄にはきつい。

心中事件の真実

母から「体の調子がよくないので、もっと悪くなる前に病院にかかる」と電話があった。爪が白く変色するほどの極度の貧血のため、検査したら胃癌とわかった。自覚症状もなかったため、病院にかからなかったら突然大量出血して倒れ、そのままそこで亡くなっていたかもしれない。一人暮らしだったから、遺体の発見も遅れたかもしれない。七十代に入っていたが、手術する体力はあるから、手術の方向に行った。母は手術は何度も経験しているので、また今度も手術で治ると考えていたようだ。この時は、叔母が助けてくれたが、浣腸をする時になって、飛び出た腸を見てビックリした。肛門の手術のことは聞いて知っていたが、それがどんな状態になっているかは知らなかったのだ。医師に浣腸はしてもらった。こんな状態で生活していくのは大変だから、腸が外に出ないよう引き上げる手術を胃癌と同時に手術すれば一回で済むからそのようにしたらどうかという話になり、母はそれに乗った。私は本当にそれでよいのか不安だった。母の決断だから仕方ないが、生きるためにはそれしかないのだろうか。迷っている余裕はなかった。

手術前は書類等のことでバタバタして、夫にも車で走ってもらったりした。手術後は体調が悪くなり、母も自分で余命わずかと悟っていたらしい。母は私に言った。

「自分は何も悪いことはしてないから天国へ行く。あいつ（父のこと）が天国への階段を上ってきたら、蹴落としてやる」

その声は、これ以上ないほどの憎悪に満ちていた。母は死後離婚、死後殺人をするつもりだ。私の弟を呼び寄せてほしいと言ったが、海外にいるのですぐには来れず、意識のあるうちに会うことは叶わなかった。苦しい状況だったので気管支切開をすれば少し楽になりますよと言われたので、そのようにしてもらった。そのために母とは話ができなくなった。しばらくして、父方の親戚から連絡が行ったのか、父とママさんが、私のいない時に病室に来たらしい。ママさんから電話があった。

「病院へ行ってきた。苦しそうで何か言いたそうだったけど、話ができなかったので帰ったよ」

父には「あんたの奥さんよ」と言ったけど、「そんなはずはない」と、父は認知症になっていたのでわからなかったらしい。よくもまあー！　こんな時に、ノコノコ現れて！　と、私は怒りでいっぱいになった。

母とは話ができない状況で、病室に付き添っていた。すると、「和ちゃん」と呼ぶ声が聞こえた。声が出ないはずなのに、確かに聞こえたのだ。見ると、母は目を閉じて眠っているように見えた。そして瞬間、めまいのような感じがして、目の前が真っ暗になりパッと明るくなった時、人が胸から腹にかけて刃で切り裂かれる光景が目に入った。ほんの一瞬であった。血の海の中、とっさに悟った。

「奇妙な家」の玄関で、刃による刺し違え心中があったとは聞いていたが、違う！　あれは殺人事件だ！　心中も殺人に違いないが、恨みとか怨念を抱いた死に方かどうかは重要だと思う。百年以上も前のことだが、男女二人が刃によって死んでいただけで、本当の真相はわからないのだ。でも、この時私が見たのは殺人に違いない。その後、母が息を引きとった。モニターの波形が一直線になって、すぐに波形は復活したようだったが再び一直線になった。亡くなっても、どうしても会いたい人がある時、再び息をふきかえすと聞いたことがある。息子に会いたかったんだと思った。私はおりんを耳元で鳴らし、弟を呼びに行った。

遺体の着替えの時は弟はいなかったが、私はずっとついていた。寝巻きを脱がされた母を見て、ショックで気が遠くなった。胃から腸のあたりまでメスが入っていて、大巾に縫ってあった。体を半分に切り裂かれたような感じで、こんな大手術になるなんて考えられなかった。殺人事件だと思った光景と全く同じだった。手術は母の希望だったとはいえ、いったい何が母を手術へ手術へと駆り立てたのか。冷静に考える部分がなくなっていたのだろうか。

母の人生は、心も体もあちこち切り刻まれた一生だった。そして死を悟った後に、父とママさんが覗きにくる。これほど怒りに満ちたことはない。亡くなったことは一応父に連絡した。ママさんが「私達はどうすればよいか」と言ったので、一切関係なくしてほしいと話した。

私は医者に呼ばれた。医者の話はどうでもよかった。「母は亡くなる時は寿命で逝くんだと言ってました。献体を希望してましたので、ここの霊安室に二十四時間安置したいのでお願いします」とお話しした。

葬儀屋に納棺等をしてもらって、弟夫婦と私で弔った。夫と息子は、家で認知症の家族を見ていたので来られなかった。私はお経を読んだ。病院から自宅へは帰らず、大学医学部に送ってほしいと母の希望だった。私もあの気味の悪い家へ遺体で戻るのは避けた方がよいと思った。叔父、叔母も駆けつけてくれた。叔父は弟の前で、

「認知症患者を抱えながら、姉さんの元まで通って本当に大変だったネ」

とねぎらってくれた。弟は何も知らないだろうから、あえて弟の前で叔父は話

したのだと思った。

大学から車が来て、出棺の時は、叔父夫婦、叔母（夫とは死別）、弟夫婦、私の六人で見送り、合掌した、車が見えなくなるまで。

母は町内会に入っていて、町内の一部の人がお参りに来て下さったので、事情はお話しした。

「献体したので、遺体はすでに大学へ行き、葬儀はしません。すべて生前の母の希望通りに終わりました。生前はお世話になりありがとうございました」

父方の親戚が町内の香典を持ってきて、これは受け取った方がよい、お返しはなしでもよいと言ったので、そのようにした。以後、私にはたくさんの仕事が残された。まず、犬と猫を自分の家に運んだ。母の銀行通帳は空にして半分弟に渡したが、弟は受けとらずに家に帰った。銀行には、生前母から話がしてあった。娘が引き出しにくるから受け付けてほしいとお願いしてあった。

友人の涙

母の残した荷物の整理に生家まで通った。車が家の前に止めてあるので、私がいることがわかり訪ねてくる人があった。いろいろ話を聞くことができた。母と同じ歳くらいの人で、私には初めて見るお顔だった。献体の話やお墓は娘が用意してくれた所に行くとか、ほとんど母の身の上のことは知ってみえるようで、「本当の親孝行をしなさったネ」「お母さんが言ってみえたよ、『私は娘があって本当によかった』って」と言われた。

母の気持ちに寄り添い、母の死に涙をこぼされた、その方の涙につられて私も涙を流した。私は何も大したことはしてない。当たり前のことをしてきただけと思っている。でも「娘があって本当によかった」という言葉を聞いて、それは私が、あの世に持ってゆく唯一の勲章だと思った。また、別の日に町内会の用事でお訪ねする人があり、私の弟に子供さんはあるのと聞かれたので、ないですと言うと「あー、それでお孫さんのある方に行かれたんだネ」と言われた。でもそれは違う。私が、母に「私の方の墓に」と誘った時、長い間返答がなかった。孫があるとかは関係なく、長男（私の弟）の考えはどうかというのを待ったように感じた。「美女」の場合は自分の意思でどこの土へ帰るか決めたが、母の場合は子の気持ちに従ったのだ。

私は荷物の整理をしつつ、母の死から七日ごとにお経を唱えた。叔父や叔母の協力や、友人の涙に感謝の念を込めて、仏壇に向かいお経を読んだ。お経は空で唱える。私の祈りは深く、意識のある状態から無意識の状態に入っても唱えることができる。

荷物の整理を叔母が手伝ってくれた。箪笥の中には見たこともない服や着物があった。叔母が「これは色違いでおそろいで買ったカーディガンよ」とか、私が知らない着物が出てくると「これは二十歳頃に好んでよく着ていた着物よ」と教えてくれた。私はそれを一目見て、色や地柄が気に入った。叔母が「服に仕立ててあげようか」と言ったのでお願いした。生地は今から八十年近く前のもの、デザインは今から二十七年前のもの。ステキなパンツスーツにできあがってきた。古くても、軽くて衣ずれの音がして、大切に保管している。母の使っていたものはなかなか捨てられない。幸い婚家には離れや倉庫があるので、そちらに運ぶことにして、不用品は引き取り業者に来てもらった。業者曰く、

「こんな怖いとこに、一人でよく住んでたネ」

初めて、昼間に来た業者の第一声である。

「え！　怖いって、どこが？」

「感じるの」

叔母にしても、家の何かが異様に感じたはずだ。夜は一人では家に入らなかった。母は五十年以上この家に住んだことになるが、この土地で何があったかも知っていたし、自身も奇妙な体験をし、それでも住み続けた。また最近になって、お祓《はら》いの仕事をしている人に話を聞くと「お祓いは、やったところで清浄な

土地になるわけではない」とのこと。そんなことを言ったら商売が成り立たないがね、と思った。お経を母は唱えていたが、それでも火の玉は入り込んできた。去ったということはお経の効果があったのか、奇妙な家だから先客がいて長居ができなかったからか、わからない。

母が亡くなったということは、これで「奇妙な家」も土地も売り払われ、新しく生まれ変わるはずだ。

父の再婚

母の四十九日が過ぎた。父は認知症で話にならないから、ママさんに電話した。

「入籍しますか?」

「その方がありがたい」

この時父はかなり認知症が進んでいた。店をやりながらではとても面倒を見れないから、ここで別れるかもしれないと思っていた。離婚もしていないのに披露宴をしたから、あとは入籍だけということか。弟に聞いてみたが、結婚は本人の自由だからいいではないかと言ったので、ママさんにそのように電話した。父名義の通帳、印鑑、不動産の権利証、位牌等は町内に住む父方の親戚に預けておきますと言い、仏壇はどうするか聞いたところ、宗派が違うとかで処分してほしいと言ったので、業者に来てもらってきちんとしてもらった。父は養子に行くわけではないのに変だなと思った。ママさんの再婚は、「奇妙な家」には入りませんという意思表示だと解釈した。結婚の報告を父の方の先祖にせず、父を連れていったのだ。父の再婚と同時に、父亡き後に私が相続する物は何もないと認識していた。「奇妙な家」はゴミ一つなくカラッポになった。私はさっさと生家を後にした。運転している時、車の中に母がいると感じた。

「やっと、家を出られたネ」

「奇妙な家」はママさん主導で解体され更地となり、売り出され、五軒の住宅が建ったと後で聞いた。

繁華街にあるママさんの小料理屋は三階建てで、三階を住居にしていたが、借家だったから、店から歩いてすぐのところに、地下一階（駐車場）地上三階建ての家を購入し、ママさんと父はそこに引っ越した。私はこれで「奇妙な家」とはきっぱり縁が切れたと思っていた。

父の再婚から五年くらい後に、父の急死の連絡がきた。食べ物を喉に詰まらせたとのことだった。「葬式は行くの？」という話から、私はケジメということで行くことにした。最後の会食の時、父方の叔父が弟に、墓はどうするか聞いていた。別の所に作り、使用しないことを言っていたように思う。当然だね、祖母（美女）も母も入っていない墓に何で入る。叔父にしても、わかっていても言葉で聞いておく必要があったのだろう。どう考えてもこのような一家は他にあるのだろうかと不思議だ。

生まれ故郷を後にしてたどりついた所に居を構えた祖父。

その妻は毒蛇に噛まれて壮絶な死を遂げ、二番目の妻は早死している。三番目の妻は美女、腰掛け婚の果てに亡くなる時は変わり果てた老婆。祖父の次男の妻である私の母は肛門なしの人生、手術だったとはいえ全身切り刻まれて死亡。

「奇妙な家」を通過した女達、嫁として入った者はひどい人生を送った。家を出た者——父の妹二人のことは見たことないし、何も聞いてない。私はどうなるのだろうか、男達は死産児もあり、家を離れることになった。父も弟もそうだ。墓は親戚が継いでゆくだろうが、本家は滅亡だ。

死後殺人

母は亡くなる少し前に「自分は何も悪いことはしてないから天国へ行く、あいつ（父）が天国への階段を上ってきたら蹴落としてやる」と、死後殺人を予告していた。死んでからのことだから、どうでもいいではないかと思うかもしれないが、ここでは並々ならぬ怨念を残して亡くなったことが重要なのだ。ママさんという女の存在だけではなく、私の記憶では、もっと前に母の物語は始まっている。肛門の手術の時、私は三、四歳くらいだった。手術室から戻ってきた時、今の時代のような車輪のついた寝台ではなく、男二人に両足と脇腹を抱えられ、痛い痛いと叫んでいたのを聞いている。暗い病室の中で、幼い私にとってはショックで異様な光景だった。生まれて初めて記憶に残る最初の言葉が悲鳴であった。この時弟は病室にいなかった。

物事の理解ができるようになった私に、自分の体がこんなになったのは父のせいだと言っていた。母は自分で調べて病院もどこにするか決めていたのを父が反対して、勝手に手術する病院を決めてきたから、こんな失敗したような手術になったのだと怒っていた。

私の記憶の中にある母の人生は、悲鳴で始まって殺人予告で終わった悲しい人生だ。私が母の立場だったら、やはり蹴落としてやるかもしれない。母の言う殺人方法は軽いと思った。天国という上から突き落とすのだから、下には木の枝があって、引っ掛かって助かるかもしれない。岩に頭が当たって即死かも。いや、雲の上に軟着陸して無傷で助かるかも。無限に落ちてゆくかも。落とされた父が、自分の意志とか希望は関係なく、自分の人生の総決算に判決が下されるのだ。蹴落とした母は殺意があったかどうか、完全に死ぬということがわかっての殺意か、助かるかもしれないという思いがあっての殺意か。私は後者を選ぶ。自分一人だけの判断で「死ねー！」は、気持ちはわかるが少し立ち止まった方がいい。母はどうしただろうか。私が母の最後を見届けたかったのは、死の瞬間の死相だった。穏やかだった。自分で感情の整理をして逝ったのだろうか。

床が波打つ

私が結婚してから五年くらい後に夫の母が亡くなり、十二年後に私の母が逝き、十四年くらい後に夫の父（義父）が亡くなった。この義父が亡くなる数年前から認知症になり、大変な目に遭った。不思議に思ったのは、寝る時に義父が必ず枕元に線香を立てていたことだ。認知症になっても、習慣になっていたためか続けていた。葬式のお通夜で遺体の枕元に線香を立てていたのと同じ感じだった。なぜなのか聞くことはなかった。聞けば文句を二、三時間聞かされることになるとわかっていたので黙っていたが、今にして思うと危なかった。線香といえども火事の原因にもなる。認知症の老人が火を扱うなんてとんでもないことだった。

認知症にもいろんなタイプがあるかもしれないが、義父の場合、食事をしたかどうかは関係なく、食べない時は全く食べないし、食べる時は無茶苦茶食べるの両極端だった。夫が帰ってきた時「おじいさん、全く食べてないよ」と言ったら、餓死するといけないからと言ってプリンを食べさせたが、そのプリンを喉に詰まらせて亡くなった。そんなことでと思う人がいるかもしれないが、プリンをスプーンですくって口元へ持ってゆくと、口がパカッと開くのでプリンを入れる。それを繰り返していると、おじいさんはプリンを飲み込めていなくても食べ物が口元にくると自動的に口が開くようになる。そのため、よほど認知症患者への食べさせ方を理解していないと世話はできない。夫は世話をするというのではなく、元気かどうか見にくるというやり方だったため、食事の世話を失敗したのだ。誰もそのことを責める人はいないが、介護の仕事は精神的にも肉体的にも疲れるということは理解できる。ともかく、義父は自分の部屋で亡くなった。

義父の部屋はキッチンの隣にあり、私の部屋にするには生活上便利だったので夜はその部屋で寝ることにした。しばらくすると奇妙なことが起こってきた。眠りにつくと、胸の上に重たい物が乗っているようでものすごく息が苦しい。力の限り思い切りはねのけ、ガバッと起き上がると、豆電球の薄明かりの中、部屋の中を何物かがものすごく速いスピードで走り回っている。あまりにも速いので姿が見えない。床が波打っている。その波は山が小さく、津波のように押し寄せているように見えた。空気が揺れるのを感じ、恐怖で枕を抱え二階へ走った。二階は三部屋あり、夫と息子が一部屋ずつ使っていた。私は使っていない部屋にとび込みドアを閉めた。これは、生家の「奇妙な家」で体験したこととは全く違う。部屋に潜んでいるようには見えず、外から入りこんできたのかと思った。義父が毎夜線香をたいていたのはこのためだったのか？　この家も「奇妙な家」なのか？　事故物件ではないが、田を埋め立てて新築した家だと聞いていた。

義父の相続は、公正証書遺言があったので大揉めにはならなかったが、それでも調停で遺留分減災請求に一年半かかった。夫名義になった不動産は売りに出した。奇妙なこととは関係なく、夫の仕事じまいと、新しい仕事のためだ。また、三百坪の家屋敷は維持費を考えるととても住めない。庭や家には趣味がないので、住み家は都市へ出るのに都合の良い場所で必要な広さの家を探した。売却に一年かかったが、現状渡しで売れたのは幸いだった。この時にはもう駐車場も売却していてなかった。何にもなしになったが、借金はなかったので現金が残り、それでこれからの生活を考えるのに苦労はなかった。すぐに見つかった家は中古物件だったが場所が良く、六十坪弱の土地に三十坪の家だった。

売却した家は半年くらい後に買った人が全部取り壊し、庭も模様替えして新しく家を建てた。その少し前に不動産屋を通してあの家の問題点を挙げてきて、売却は完了しているにもかかわらず安くしてほしいとの話があったが、法律上は問題がないのでお断りして、そのままになった。

新しい出発だった。

古井戸から来る

今度の家は、昔からある古い土地に建った家であった。高齢夫婦が子供の家に移り住むということで売りに出されたので事故物件ではないはず。とりあえず仕事のためにはよい場所なので決めた。使用していない井戸があったので蓋をしておいた。生家にも前の婚家にも井戸はあったし、何事もなかったので気にもしなかった。

住み始めてある程度の期間が経って眠りについた時、外の井戸のあたりでガサガサという音――新聞紙のような紙を丸めてさわっているような音がして、少し経ってからファーッと、私の体の上に何か乗ったと思ったら、ピタッと体にへばりついて、まるで真空パックにされるように隙間なく何かが私にかぶさってきて苦しいのだ。力の限りはねのけたら離れた。一回限りではないので夢でも気のせいでもない。寝る部屋を変わったら何事もなくなった。何かの気配を感じるということはなかった。音がしてから来るのである。今までの奇妙な体験は二つと同じ状況はない。類は友を呼ぶという通り、私にはそのようなものを呼び寄せる何かがあるのだろうか。どこへ行っても私だけに起きることで、家族は何も感じていない。「奇妙な家」に三十八年間住んだということが影響しているのだろうか。部屋を変わったら何事もなくなったので二十年間住んだが、その間に夫は亡くなった。私は半人間界、半霊界の生きものだろうか、いつか確かめてみよう。

引っ越しはこれが最後と決めて再び家を売り、次に買った家は、土地二十坪余りの所に4DKの家。駐車する場所はある。もう何もいらない。小さくシンプルに生きる。朝起きると道行く人の話し声が聞こえてくるとホッとする。初めて家相を見てもらったら、「この家はキッチンに長時間いると病気になりますよ」と言われた。私は何となく納得した。年をとって体が弱ったかなと思っていたが、外へ仕事に行くと元気になるので、やっぱりキッチンは凶の方角なのだ。キッチンで線香をたくことにした。

弟

私は弟と人生が交差することはほとんどなかったので、話はあまりしたことがない。弟が家にいたのは十八歳までで、大学も自力で行った。両親から見れば手がかからない子というところかな。私の記憶では、小学生の頃大きな台風が来た。家がきしみ、雨漏りも激しくて外にいるような状況。強い風が家を叩きつけるたびにもう家は倒れるという恐怖の中、弟は一人で将棋をやっていた。何という「のんきな」と思ったが、きっと「怖い」という感覚がないのだと感じた。また、これも小学生の頃だが学校帰りに雨が降り、ものすごい雷が鳴ったことがあった。私は走って家に向かっていて、途中弟に会った。その時は稲妻がひどく、弟のすぐ前で火柱が立っていたが、あわてることはなく傘もささず悠然と歩いていった。何事があっても動じることはないという性格なのかと後で思った。海外へ行く話を聞いた時は、何があるかわからない外国で誘拐されても、ピストルを突きつけられても、動じることはないだろうと思った。当時はイラン革命が行われていた。高校生の頃は隣の部屋だったので、弟が英語で話す声が聞こえていたし、英字新聞もあったので、その頃から海外を目指していたかもしれない。家に縛られることなく自由でいい人生を歩んだと思う。

弟の結婚式の時は、父がママさんとママさんの親戚を出席させると言い出してひと悶着あったが、母の出席はないから、私が母に代わって花束を受け取った。子供はなかったが、それは運命だと私は思っている。あの「奇妙な家」で起こっていたことは何も知らないだろう。母に肛門がなかったことも知らないし、「美女」の人生も知らない。私はアンテナを立てて、聞き耳をたてて生きてきたから情報が集まってきたのだが、そればかりではなく、私が求めなくても、いろんな事件が耳に入ってきた。それが不思議だと感じていた。弟は七十二歳で亡くなった。一生涯病気もなく、急死であった。

叔母（母の妹）

叔母は美人だった。嫁ぎ先から電車で気軽に母の元へよく来ていた。経営していた理容室はいつも客が満員だったと記憶している。子供ができるのが遅かったため、私は可愛がられていた実感があった。母が入院の時は「美女」が大変だったので私だけ叔母夫婦の元に預けられていた時があった。小学校低学年の夏休みの時だった。叔母は和裁も洋裁もできた。和裁は先生について習ったが、洋裁は自己流と本を見ての独学だった。私は小さい時から手作りの服を着ていた。水玉模様の胸にフリルが付いたワンピースは今でも覚えている。店が忙しいのに合間をぬってよくコツコツとできたものだと感心している。

母が亡くなってから叔母に会ったのは叔父の葬式の時だけで、それ以来叔母が八十七歳で亡くなるまで会いに行ったことはなかったが、電話はしていた。電話の声は変わらないが、年老いた私の姿を叔母に見せたくはなく、昔のままの姿を記憶しておいてもらいたいと考えていた。

私が高校生で、叔母が三十代半ばの頃、母の元を訪れ話していたことが聞こえてきたが、この町内のある男性（家は商売）から年賀状が来たと言っていた。「突然こんな物が来るなんて何でだろう、夫が見たら変に思うだろうに」と怒っていた。母の元へ来るのに、この男性の店の前を通るので、きっと見ていたんだろう。ひょっとしたら、叔母が独身の時から思いを寄せていたかもしれないと思った。その時から叔母はその店の前を通るのをやめ、遠回りで母の元を訪れたり帰ったりしていた。

母達三人は本当に仲が良かった。母が出かけることはなかったため、叔父、叔母がよく来ていた。長い年月の間には、それぞれが疎遠になった時もあったが、生まれた時から一緒に生活してきた者同士は、情はなくならない。少子化で子供が少ないということは、これからの人類は情という点からも変化していくだろうか。

叔父（母の弟）

叔父は「美女」亡き後、「奇妙な家」によく出入りするようになった。叔父が叔母と疎遠になっていた時には、「親戚はここだけ」という話も聞こえてきた。叔父夫婦の子供は「美女」亡き後にできたので、子供を連れてよく来ていた。私が二歳くらいの時よく子守りをしてくれたように、やっぱり家での仕事は子守りなのだ。叔父の子供（私にはいとこにあたる）が三歳くらいの時、叔父が「マニキュアはないか」と私に尋ねたので「何でん」と聞いたら「爪の保護のため」と言った。おしゃれではないんだ。また、私が車を買う時はついていって選んでくれたり、任意保険も教えてもらったり、私に縁談があった時には車を走らせて聞き合わせに行ってくれたりと、いろいろ思い出がある。いとこが成長した頃には私といとことの交流はなくなっていたが、叔父は私の母とはよく話していたので、いとこがどこの学校に入ったとか、就職先とか、縁談の話は聞こえてきた。

叔父は最後に大きな家を新築した。「奇妙な家」を見て、かもいは杉の木、敷居は桜の木とか言って、今、これだけの家は材料がないから建たないと言っていた。昔の家はどっしりして重量感があったように思う。今、私が住んでいる家は、本当に吹けば飛ぶような家だ。

叔父が東京の大学に行っていた頃、私の父から米が送られてきていたことを叔父から聞いたことがある。しかし叔父は、父と愛人のママさんのことは徹底的に批判していたことが印象に残っている。皆それぞれ自分勝手な〝常識〟を持っているものだ。私は、父はすべてが非常識とは思わないが、やはり許せない。

私にとって、叔父と叔母の存在は、もう一組の両親がいたような感じで感謝している。

祈りの力

自殺への誘導

土地六十坪弱の家で暮らしている時のことだ。夜、仕事で遅くなり、家へ向かう途中で猛烈な眠気におそわれた。右へ行けば線路、左へ行けば自宅の三叉路という所の少し手前で記憶がなくなり、たぶん居眠りしながら歩いたと思う。気が付いたら線路の真ん中に立っていた。あわてて家へ急いだが、終電車が通った後だから助かったと思った。

思い当たることがあった。二十七歳の時、朝の出勤前にいつもは朝刊を見ることはなかったのに、その日に限ってわざわざ朝刊を取りに行った。最後のページを開いて（私は新聞はいつも終わりから見る）すぐ目に入った記事は、同級生の自殺の文面だった。電車に飛び込み、頭を打って即死、給料袋から名前がわかったとのことだった。「私、自殺したヨ」と知らせるような感じだった。事件から少し前に彼女が、よく話をするおばさんに相談していたらしい。そのおばさんに私が偶然出合った時に「あの子、生活がかなり乱れてるよ」と聞いたばかりだった。私と彼女とは数年間付き合いがなかったが、「何で私が新聞で知らなければならないんだろう」と、不思議に思った。私に何か言いたかったのかと考えたりしたが、心当たりはなかった。それからかなりの年月が経っているが、彼女は私を自殺に誘ったのだろうかと考えた。

幼なじみ

中学時代の同級生と卒業と同時に別れて音沙汰がなくなって十五年くらい後に、突然、その同級生が「奇妙な家」に現れた。彼女はあちこち点々と移動していたから、私からは見つけられなかった。私はずっと実家にいたので訪ねてくれば会えたのだ。彼女は、私との思い出がたくさんあって懐かしかったので会いにきたと言った。「何で今なの」と聞いたら、「大変な手術をしようと思っている、もしかしたら死ぬかもしれない」と返ってきた。「学校時代の友達は本当に良い」と言い、もう家に居ないかもしれないと思ったが、それでも生まれ故郷を歩いてみたいとの思いからここへ来たとも言った。この時代はまだ携帯電話はなかったので、お互い家の電話番号を教えて別れた。後で電話したが、彼女は出なかった。更に後に電話した時は「使われていません」とのメッセージが流れた。再び彼女は行方不明になった。

数奇な運命

私より四歳若いが、同じ町内に住み、高校も同じだったという縁で話をするようになり、生い立ちを知ることになった女性がいた。産まれてすぐに捨てられたが奇跡的に一人の女性に拾われた。この女性に気付かれなかったら冬の寒空の下、人の通りのない夜中の川端で死んでいたという。彼女を拾ってくれた女性は独身で、子供ができない体だった。縁あって女性の養女となり、貧乏という苦労はあったが、二人は良い母、良い娘となり幸せそうに見えた。その後彼女は初恋の男性との結婚が成就せず、親子で町を去った。私が知っていたのはここまでだったが、数年後、ある女性雑誌に載った一女性の生い立ちに目が止まり、読んでゆくうちにあの彼女だとわかった。私は感激した。途中で止まった彼女の人生の続きを知ることができた。この物語の感想が後に書かれていたが、独身で母親となった彼女の母のやさしさにふれていた。自分で運命を切り開いてゆく彼女の力強さに惹かれていきがちになるが、陰で支えた母の存在、そのやさしさが重要なのだ。

彼女は良き男性と知り合い、良き仕事を得、子供に恵まれ、ハッピーエンドなのだが、話はこれで終わりではなかった。数年後、ある行楽地に遊びに行った時に、バッタリ彼女と出会った。彼女の方が気付いて呼び止めてくれた。最後に見たその時のまま変わっていなかった。そして、少し離れた場所にいる家族を教えてくれた。

「あれが主人、手をつないでいるのが子供……」

その隣に、あのやさしい母親もいた。一家総出で遊びに来ていたのだ。私は彼女の幸せな人生を目の当たりにした。親友と言えるまでの存在ではなかったが、彼女との話の中で、何か通じるものがあったと思う。

縁談 1

母の実家を興信所で調査依頼した人との結婚話は、私から辞退した。この時は、相手の親、姉妹が乗り出してきたため、スムーズにいかない話はあっさりやめた方がよいという私なりの結論だった。男性の家を訪れたこともあったが、新築で大きな家だった。しかし、その家の玄関で昔、人が殺されていると聞いたのでお祓いを念入りにしたと言っていた。私はビックリした。詳しい事柄はわからないが、玄関、殺人という点で、私の住んでいる家と同じような状況なのだと思った。私は自分の家のことは話さなかった。興信所の調査といえど、百年以上前の事件までは調べないだろうと思った。

縁談　2

近所の人がある縁談を持ってきた。相手の男性とは話はしたことがないが、見たことはあった。素性はわかっていたので話が進めば乗るつもりでいたが、途切れてしまって、NGだったのだと思って数年が過ぎた。

その日はいつもと違うスーパーに行ったが、買い物をしたのはそれ一回きりだった。買い物を終え、レジを過ぎて袋に商品を入れている時、すぐ目の前であの時縁談のあった男性と妻らしき女性が商品の袋詰めをしていた。女性を見てビックリした。私が高校生の頃、夏休みにアルバイトをしていた工場の女性責任者だった。子供が来て、家族連れで買い物をして去った。二人共私には気付いていなかった。

偶然とは思えない。しかも私が求めてもいないのに情報を知るだけでなく私に見せるなんて、一、二回だけなら何とも思わないが、何回も違う人物や少しだけの接点の人も私の前に現れる。目に見えない何かの力が働いているような感じだ。

私はこの時期、父の縁故で入った会社に勤めていて、音楽の世界で音の追求をし、「奇妙な家」に住み、宗教に傾倒し祈りの世界に没頭していた。私の祈りは雑念を消滅し、自然が奏でる何かを追求する。催眠術ではない、あれが欲しい、これが欲しい、宝くじが当たりますようになどの欲は消滅し、ひたすら祈るのみ。慣れれば簡単なことだ。この祈りは深いほど、何かに通じている気がする。祈りから現れる人は、どうしてその人がと思うほど私にはわからない。交流が深い、浅いは関係ないように思うが、それは私から見ればの話で、相手がどう思っていたかによる。私が求めなくても勝手に向こうから来るのだ。私は拒否できない。真摯に受け止めて乗り越えてゆくしかない。

お経を唱えて祈る。それは年月が長いほど、深いほど、何かが見えてくる。やめると、すべて何も見えないし感じない。普通の生活だけになる。祈りの力は私が高校生の頃から持続していて、六十年かけて体験し、やっと理解するようになった。ただしこれは自分だけの体験から得た理解なので、自分勝手な理解にすぎない。

奇妙な家

引っ越しのたびに荷物は捨ててきたが、最近終活をして再び整理にかかった。アルバムもバラバラになった写真も再び見ることはない。過去は振り返らないという思いから、ある程度残して捨てようと処分にかかった。アルバムを押し入れの上の段から落としてしまって、パラパラと落ちてきた写真に「奇妙な家」の全景を写した写真があった。「美女」からもらったお金で買ったカメラで最初に写した写真だ。

高校生の時は、芸術科目は美術を選択したので絵を描いていたが、「奇妙な家」の南から、つまり私の部屋の全景を描いたものが教室に張り出してあった。異例のことだった。絵を見て、友達が「あなたの家?」と聞いたことも思い出した。

特別家にこだわりがあったわけでない。何の考えもなく、ただ絵として描いたり、写真に写したりしただけなのだ。家そのものでなく、中で起きているミステリーゾーンが重要なのだと思っていた。

その後、深い祈りの世界から「奇妙な家」が甦ってきた。昔住んでいた時の形はしていない。骨組みだけの家だ。家が骸骨になったのは衝撃だった。それは、よく見ると建築途上の骨組みとは違う。魂の抜け殻となったミイラでもない。骨組みの外観は家があった時の形だが、二軒の家の骨組みが奇妙に重複しているように見える。重複しながら一軒の家になっている。殺人事件のあった家を解体処分し、跡地に建った家が偶然にも、うまく重なったように思えた。

いや違う！　偶然という現実はない！

奇妙な家の玄関に潜んでいた何者かが、祖父の設計を、前の家と重なるように導いたのだと私は推理した。家は住人がいないと朽ち果ててゆく。長い年月をかけて消滅する。「奇妙な家」のパンドラの箱を開いたのは父方の祖父であり、母方の祖母である。「美女」はお金を出したのだから、共犯者である。閉じたのは仏壇じまいも含めて私だ。父の後妻であるママさんは家の解体処分から売却までかかわったから、やはり共犯だろうか。

「奇妙な家」は消滅しても、土地の持ち主が変わっても、人間には見えない形で、骨組みだけで朽ち果てることなく続いていくのだ。この骨組みは二軒重なっているから、かなり頑丈になっている。住人は地縛霊、屋根の上に住んでいた何かわからないもの一匹、私の足元から私を見ていた気配だけの主、音で私の耳元まで訪れていた主……。

あの奇妙な家はやはり、ミステリーゾーンだ！　体験者は母と私。目撃者は一人居る。家の前を通りかかって、地縛霊と屋根の上の一匹を教えてくれた、知らない人。母は一階に住んでいたから、屋根の上の一匹のことは知らない。私にとって問題なのは、殺人現場跡地から私の耳元まで音でせまってきた主だ。あれは、何者だ。二階までは来なかったが消えたわけではない。四十年近くの歳月を経て、母の最期の時、殺され役で現れ、私だけに殺人現場を見せた。「なぜだ！」更に母の一生――心も体も切り刻まれた母の最期に殺人予告を言わせ、私に聞かせ、終わった。この三者の関係は何なのだ。私の母の人生にかかわったのか。父や弟をあの奇妙な家から追い出したのか、私一人だけが話をしていても妄想だと思われるだけ。

ミステリーゾーンといっても、二人以上がそのように感じるのなら信じてもらえるかも。でも、私一人だけが感じるのなら頭がおかしいと思われるだけだ。このようなことを神霊体験というのだろうか。そのように結論付けて終わりにするなら簡単だ。母のこの世での生命活動は二十七年前に終わっている。しかし、終わりは始めの一歩である。すでに何かが始まっているように思う。私の生家の跡地を訪れてみたいという好奇心に駆られるが、行動に移すかどうかはわからない。

七十七歳となった私は、今でもダブルワークで働いている。毎日夜中の〇時に家へ帰っている忙しい状況の中でも、これらの奇妙な体験を「書け！　書け！　文字で表せ！　何が何でも」と、何かにせきたてられている気がする。

人は死の瞬間、自分の一生が映画を見るように見えると本で読んだことがある。私は、見る前に文字で表現することになる。すべてを告白することはできない部分もあるけれど。

私の記憶の最初は、薄暗い病室をバタバタと人が出入りしていた中、聞こえてきた悲鳴だ。もっとも幼い私には病室であるとか手術という認識はなかったが、あの光景は決して忘れることができない。衝撃的な場面だった。次の記憶は幼稚園。昼寝のための掛け布団を家から持参して園に置いていたが、その布団の柄を覚えている。絞り柄で水色とピンク色だった。着ていた服も水玉柄のワンピースと覚えている。

小学校の記憶は一年生から。私は同じクラスの人達と一切話をしなかった。話を聞く時、イエスの場合は首を縦に振る、ノーの場合は顔を横に振る。ややこしい話はなかったと思うので、イエスかノーですんでいった。授業中、先生から当てられた時は、教科書を読んだり、答えを言ったりと声は発していた。しかし、自分から進んで手を挙げることはなかった。家に帰れば、近所の子供が呼びにきたので遊んだりして話はよくしていたし、家でも話はしていた。どうしてクラスの人達と話ができなかったのかわからない。でも、どうしても声を発することができなかった。

　五年生になって、悪い言葉遣いがあった時に「キップ」を渡すことがクラス会で決まった。ある男子生徒が私のことを取り上げ、「しゃべらない人は悪い言葉遣いもしないから、それは卑怯だ」と責めた。クラス全員から注目を集め、強制的にしゃべらされたのである。いったん言葉を発するとあとは簡単だった、そもそも学校以外では普通に話せたのだから。あの男子生徒の顔も名前も覚えている。私に変化のチャンスを与えてくれたと思っている。

　後に高校生になって電車通学をしている時、小学校の同級生と話をした。五年生の時にクラスで一緒だった女の子だ。「なぜ、話ができなかったの？」と聞かれた。私にもわからない。本当に言葉が出なかったのだ。三、四歳の頃、聞いた母の悲鳴に衝撃を受けたことが原因か、考えてみたがわからない。学校の先生から母に連絡が行って、病院へ行くよう言われたそうだが、母は心配ないと無視していた。私は小学五年生まで、学校では何もしゃべらない、首を縦に振るか、顔を横に振るか、友達もない変な子供だったのだ。

変な子からたった一日で普通の子になった私に、奇妙な体験「あの世からの音」がせまってきた。

私は自分の体験から、わざと生活のリズムをずらして生きている。夕方から仕事に出かけるのに、家の電気はつけて出る。帰ってきて暗い家の中に入るのはいやだから、明け方眠りにつくのにも電気はつけている。一日中暗くなる時はない家にしている。テレビは持たない。世の中のニュースは新聞かワンセグ、ラジオも聞いている。静かである方がよい。近所の人に「夜中に帰ってくるのに怖くない？」と聞かれたことがあった。

「ぜんぜん怖くないヨ」

全く人通りがないわけではなく、犬と散歩をする人もいる。帰りが遅い人もいる。夜中にジョギングをしている人もいる。野良猫もいる。住宅地で家に電気がついてない所がほとんどだが、通りには一定の間隔で街路灯がある。だから足元はわかる。夜中の薄暗い人気《ひとけ》のない通りを歩いていて、電柱の根元から火の玉が上がった。母の体験を思い出し、私も火の玉を見るだろうかと考えたが、「それはない」。

奇妙な家の中のミステリーゾーンを知っているから、神霊体験が始まる時は空気が違う、異様な静けさ、気味の悪い別世界になる。

占いで家の売買をみてもらったことがあるが「家には縁が深い」と言われた。どのように考えたらいいのだろうか。人が住めば家も生き、人がいない家は死滅する。人と家はセットなのか、人に運命があるように、家にも運命があるのか。運の良い人は良い家に住み、運の悪い人は悪い家に住むのだろうか。

私が「奇妙な家」を出てから四十年近くになる。住んだ家の名義は私とか夫とか息子にもなったが、売ったり買ったりする時は私が動いてきた。

夫が相続でもらった家一軒。

買った家二軒、売った家二軒。

買ったマンション四部屋、売ったマンション三部屋。

自分の運命の善し悪しを決めるのが自分だとしたら、私は悪い方だと思う。「奇妙な家」で人生の前半を生き、後半は一カ所に落ち着くことなく家の移動が多かった。占い師の言う「家に縁が深い」というのは、あの「奇妙な家」に縁が深いという意味なのか考えてみた。

生前贈与の話があった時、踏み切れなかった。母が亡くなった時、父は認知症になっていたから、ママさんとの再婚は阻止して、年金で老人ホームで生活してもらう案も考えていた。弁護士にも相談した。しかし、婚家で認知症の老人を抱え、動くのは苦しかった。私とママさんの力関係を考えると、私の方が弱いと思った。不動産の名義は父であり、父をつかまえているママさんの方が強いのである。ここでも「奇妙な家」には手が出せなかった。

「奇妙な家」は骨組みだけになって、人間には見えない気配だけで建っている。薄暗い、冷たい空気の中、昼も夜もない死の世界で、食べられた魚が骨だけになったような状態で——でもきれいな骨ではない。身が少し骨に付いているように見える——再び建築される家を待っているのだろうか。奇妙な家は解体され更地になった後、五軒の家が建ったと聞いたが、五軒共、事件の跡地は外れている。

あのような怖い家には一人ではとても住めないと認識していたが、なぜか「奇妙な家」は、私の無意識より更に深い意識の中に入り込んでいる。小学校高学年の時の「あの世からの音」、私の耳元まで来て止まった音と奇妙な家はセットになっている。追い出すことはできない。これを縁が深いというのだろうか、わからない。

奇妙なのは、家とか体験だけでなく、私は奇妙な夢をいっぱい見てきたことだ。起きた時にどんな内容だったか忘れている時もあった。しかし、不思議なことに覚えている夢はいっぱいあって、遥か昔の夢も内容をバッチリ覚えている。夢からいろんな発想が生まれ、一つの物語ができる。

母が亡くなる少し前、声が出ないはずなのに「和ちゃん」と私を呼ぶ声が確かに聞こえた。あれは力の限り全身から私を呼んだのだと後から思った。今は母はいないから声は聞こえない。しかし、何かに通じているのか、私の魂に響いてくる。「書け！　書け！」という言葉に素直に従い、これからの残り少ない人生の挑戦として、書くことにする。誰にも認められなくてもよい、低レベルの作文でよい、気楽にゆこう！

私は五十歳前後から四柱推命の勉強に通い、後に占い館の自営を一人でするようになったが、この時の経験から学んだことは、自分の運命のレベルを熟知しての行動でないと生き辛くなるということだ。生命力が強ければ良いが、一生続くわけではない。私の生命力は一生の流れから見ると弱い時期に入っている。読書は良いが根気がなくなっている。自分で考え、想像し、書くことがボケ防止になる。占い館を閉めて六十歳からは清掃の仕事をしているが、長年、体を使う同じ仕事に従事していると、健康度がわかる。七十代の後半になって体力が落ちた。仕事のスピードが落ちた。それなりに工夫して乗り越えられるが、限界はある。限界の手前で辞めなければと考えている。一応八十歳を目処にしている。しかし、車の運転ができるうちは、あまり遠くない所に働きに行くことにして、その間、奇妙な夢を参考にして奇想天外な物語を書きまくっている。完成したら自分で製本して本棚に飾る。私の本棚には漫画『ゴルゴ13』と私の低レベルの作文が並ぶ――ここまで九十五歳を目処にしているが、まだ車の運転はしている予定だ。しかし、外へ働きに行くことはない。九十五歳で自分の戦争体験を書いている人が新聞に出ていた。私もまだいける。

ある日、食べ物が喉に詰まった。少し苦しい中、意識が遠のいた。

気が付いたら私は母の形見の着物で作ってもらったパンツスーツを着て、風呂敷包みを片手にさげ、もう片方の手には紙切れを持ち、それを見ながらトボトボと歩いていた。誰もいない何もない道を歩いている。紙には住所が書いてあって、その住所を探している。何日も歩き続けている気がする。食べ物も飲み物もないのに何ともない。そして、自分が自分の家を探しているのだと気付いた。家はあるのに何で自分の家を探しているのだろうか。不思議に思いながらも探し歩いている。やがて大きな石がゴロゴロある所に着く。石の前には物置のようなコンテナが一直線に並んでいる。紙に書かれた住所を確認して、「確かにここのはずだが、家なんてないじゃないか」と文句を言った。あたりは夕暮れのピンク色をしていた。すると、一つの石の中にスーッと入ってしまった。自分より小さい石の中に吸い込まれたのだ。石の中は家になっていて、中は玄関の土間があり、奥には畳の小さな部屋があった。一人寝るだけの広さしかない。土間の横には荷物置き場があった。窓はないのにピンク色をした明るさがあり、これが私の家だと理解した。私は「こんな小さな家はいやだ」と叫んだ。どこからともなく「小さくシンプルに生きると言ったじゃないか」と聞こえたように感じた。

「これじゃあ犬小屋だ！　出直してくる」と言ったところで、気が付いた。私はいったん息が止まり、死んだのだ。喉につかえていた物がとれ、再び生き返った。そしてわかった。あの風呂敷包みは軽かった。中身は来世に持っていく物が入っていたが、開いて中身を見ることはなかった。石の前にあったコンテナは、来世に持っていく荷物入れだったのだ。私は「もう何もいらない、小さくシンプルに生きる」と言っていたから、持っていく物は何もなく、荷物入れは必要なかったのだ。希望は欲深く変わる。言葉は重要だ。災害に遭った時にゴミになる荷物は必要最小限にする。時代をこえて価値のある物だけを残す。再び私の生命活動は始まった。健康に気を付け、頭がボケないよう、人に迷惑をかけないよう、人とのかかわりを少しだけ持つよう、本を読み、書くことに励む。百歳を越えて私は生きている。感謝の念を忘れず、祈りを続ける。身内、友はすべて逝き、一人ぼっちになる。要介護（？）になり、遺骨の引受人はなくなるので献体はできなくなる。どうもこのストーリーは気に入らない。別に考えてみることにする。

私は最後は肺炎で息を引きとる。五体はバラバラになり、この大きな生命体に引き込まれる。昔、母から聞いた、「美女」が亡くなった時「三途の川を渡った。天国に行った夢を見た」と。私には三途の川は見えない。トボトボと細い道を歩いている。途中で気が付いた。この細い道は変に曲がっている。これは蛇独特の進み方の跡だ。私は蛇が通った跡を歩いているのだ。思い出した。父方の祖母がマムシという毒蛇に殺されたことを。

後ろを振り返ったら、真っ暗で道もなくなっている。前に進むしかない。風呂敷包みを持っているが、住所の紙も地図もない。やがて目の前に大きく美しい城が現れた。ここが私の家だ。建物に目を奪われ喜んで中に入ったら、鍵が自然に閉まった。誰もいない、薄暗い寒い家の中、何か変だ。空気が違う、ミステリーゾーンだ。遠くから音が聞こえてきた。聞き覚えのあるあの音だ。奇妙な家の殺人現場跡地から、まるで雨が落ちてくるような、ポツポツと規則正しくゆっくりと私の耳元までせまってきたあの音。凍りついて身動きができない。もう引き返せない。出直しはできない。力の限り声を振り絞って叫んだ。

「母さん、助けて！」

そして思い出した。「地獄の沙汰も金次第」という言葉を。私には上下、前後、左右がない。でも手が見える。私は風呂敷包みの中から母の形見の二十四金の指輪を取り出し、手のひらに置いた。音はすぐそばにせまっていた。心に念じた。深く深く、そして母を感じた瞬間、二十四金から、すざまじい光が飛び散った、城の中全体に隅々まで。そして、城もあの音も一瞬にしてなくなった。私が母を呼んだから母が来たわけではなく、二十四金に力があったわけではない。奇跡が起きたとか魔法の力でもない。

私はこの時、母の魂を時代を超えて深い祈りからゆさぶったのだと思っている。

やがて外界からの音が遠ざかり、私に完全死が近づき、心臓が止まってから二時間くらいで音も聞こえなくなり、私は終わる。
「奇妙な家」とあの音は何だったのだろう。お祓いとか、成仏のためのお経は通用しなかった。心臓死（死の第一段階）から完全死までの間には、一生の総決算のドラマがあるのだ。

終わりは始まりの第一歩である。休む間もなく私には解決できなかった問題を背負った次のドラマが待っている。

今（二〇二四年）、私は七十七歳だ。母が亡くなって二十七年、道で若い女の子とすれ違った。あの子の前世は、もしかしたら私の母かもしれない。生命の流転は何もわからない。仏教で言う前世、現世、来世は、生命のタイムトンネルだろうか。初めもなく終わりもなく、トンネルの中を走り続けていくのだろうか。たまにはブラックホールに吸い込まれる命があるかもしれない。私なら運命と思って受け入れていく。

私と同じ年で仕事で知り合った女性のこと。食事時間に大量の薬を飲んでいたことから事情を知ることになった。交通事故で頭を強打し、一時は植物状態になった。寝たきりで一人暮らし、こんなことではいけない。必死の努力で動けるようになり、やがて働けるまで回復したが、「首から上はない」という認識だったという。目も見える、耳も聞こえる、しかし脳からの指令か、首から上はないということらしい。医学的なことはわからないが、彼女曰く、

「首から上がないのに生きている。気が狂うよ。これだけの薬を飲んで正常を保っている」

彼女の脳は薬に支配されている。でも大丈夫、彼女自身の芯は狂ってない、むしろ周りが狂っているように感じた。やがて、脳に水が溜まるようになって仕事を辞め、しばらくして音沙汰がなくなった。首から上がないという認識で生活しているとはどのような毎日なのか、いくら聞いてもわからない。体験してみないと理解できないのだと思った。

私の奇妙な体験も、所詮は私と同じように体験しないと理解できないことだと

思う。ミステリーゾーンの空気にしても、その場で体験しないとわからないものなのだ。説明ができないのだ。

私は半人間界、半霊界の生き物かと悩んだことがあったが、結論は、私は人間界に生きる人間だ。霊界は感じて音を聞いた。ほんの少し見たようにも思う。脳にダメージを受けて、感じたり、見えたりすることではない。この世には、説明のつかない異次元の世界があるように思う。すべての人が経験するわけではないし、こちらから求めて体験できるものでもない。向こうから一方的に避けることができない状況でやってくるものなのだ。不思議。

最後に

この物語を書き終えてから電話が鳴った。私の生まれ故郷の町で墓地管理委員会の役員をしているという人からだった。

「今、あなたの先祖の墓は誰にも管理されず、荒れ果てています。墓地使用料も滞納になっています。こちらからどうこうしてほしいとは言えませんが、このままでは無縁仏になります。先祖をたどって連絡をとりましたが、血縁者は亡くなっており、直系の末裔《まつえい》で唯一生存しているのは、あなただけです」

後で詳しい経緯が手紙で届き、墓の状態も写真で送られてきた。何とビックリである。父の後妻――ママさんが、父の墓を建立していた。建立者は後妻の名前になっていた。写真で見る限り、かなり立派な墓である。端から順番に、明治時代からの古い墓二基と父の墓の三基が建っている。しかし、後妻は亡くなる少し前に実子に引きとられ、自分の建立した墓に入ることはなく実家の菩提寺に納骨された。やはり、「奇妙な家」を通過した女は、「奇妙な家」の先祖代々の墓に入ることはなかったことになる。私は委員会の人に「父が亡くなった時、私も弟も、家庭裁判所にすべてを放棄する手続きを取ってあります」と伝えた。しかし、それは法律上のことであり、あの世から、音で私の耳元まで訪れていたあの主には法律は通用しない。あの主はこの結果を知っていたのだろうか。私に何をせよというのだろうか。

私の手元には私の先祖の家系図と、父から母にあてた手紙のコピーがある。何でこんな物をいまだに私が持ち続けているのだろうか。私に奇妙な体験がなかったら、普通に墓じまいをしたかもしれない。墓地使用料は先の先まで前払いし、墓はそのまま続いていくことになる。私が生きている限りは無縁仏にならない。

合掌！

著者プロフィール

咲田 和美（さきた かずみ）

昭和22年４月１日生まれ。岐阜県出身。

奇妙な家 私の生まれた家とイエの数奇な運命

2024年12月15日　初版第１刷発行

著　者　咲田 和美

発行者　瓜谷 綱延

発行所　株式会社文芸社

〒160-0022 東京都新宿区新宿１－10－１

電話 03-5369-3060（代表）

03-5369-2299（販売）

印刷所　株式会社エーヴィスシステムズ

ISBN978-4-286-25933-8